DES
BUREAUX DE PLACEMENT

DISCOURS

PRONONCÉ

A LA SÉANCE SOLENNELLE DE RÉOUVERTURE DE LA CONFÉRENCE
DES AVOCATS STAGIAIRES

Le 14 Décembre 1895

PAR

Fernand COURIVAUD

Avocat à la Cour d'Appel,
Secrétaire de la Conférence.

POITIERS

IMPRIMERIE BLAIS, ROY ET Cie
7, RUE VICTOR-HUGO, 7

1896

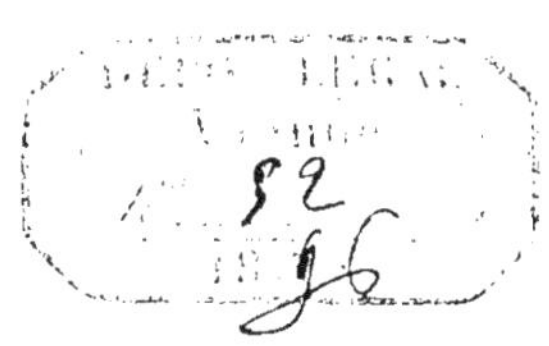

DES
BUREAUX DE PLACEMENT

DISCOURS

PRONONCÉ

A LA SÉANCE SOLENNELLE DE RÉOUVERTURE DE LA CONFÉRENCE
DES AVOCATS STAGIAIRES

Le 14 Décembre 1895

PAR

Fernand COURIVAUD

Avocat à la Cour d'Appel,
Secrétaire de la Conférence.

POITIERS

IMPRIMERIE BLAIS, ROY ET Cie

7, RUE VICTOR-HUGO, 7

—

1896

Aujourd'hui, quatorze décembre mil huit cent quatre-
vingt-quinze, à deux heures, l'Ordre des Avocats à la Cour
d'appel s'est réuni, en robe, dans la salle d'audience de
la première chambre de la Cour, pour assister à l'ouver-
ture des conférences des avocats stagiaires.

Étaient présents :

MM. A. Tornezy, bâtonnier, président; de la Ménardière,
Orillard, Druet, Pichot, Séchet, Mousset, membres du
Conseil de l'Ordre ;

Dufour d'Astafort, Mérine (Paul), Poulle, David, Deleffe,
et Pouliot, avocats inscrits au Tableau.

La Barre était occupée par MM. les avocats stagiaires.

Le bâtonnier a ouvert la séance, annoncé la reprise des
travaux de la conférence et prononcé une allocution.

Il a donné ensuite la parole à Mᵉ Courivaud, qui a lu
une étude sur les *Bureaux de placement.*

Aussitôt après, Mᵒ Lagarde a lu une étude sur la *Mobi-
lisation du sol.*

Le bâtonnier a réglé le service de la conférence, pour
les séances ultérieures.

La séance a été levée à quatre heures.

Poitiers, les jour, mois et an que dessus.

<table>
<tr><td>Le Secrétaire,</td><td>Le Bâtonnier,</td></tr>
<tr><td>H. Séchet.</td><td>A. Tornezy.</td></tr>
</table>

DES BUREAUX DE PLACEMENT

Monsieur le Batonnier,

Messieurs,

Notre pays est peut-être celui du monde où l'on parle le plus, depuis un siècle, de l'amélioration du sort des travailleurs ; ce n'est assurément pas celui où on a fait le plus pour eux ; notre législation ne les a pas sacrifiés, il semble que jusqu'à ces temps derniers, elles les ait simplement oubliés.

Le Code civil ne s'occupait d'eux que dans une seule de ses dispositions, l'article 1781, et c'était pour créer contre eux et en faveur du maître une choquante inégalité ; ce texte disposait en effet que : « Le maître est cru sur son affirmation, pour la quotité des gages, pour le paiement du salaire de l'année échue, et pour les acomptes donnés pour l'année courante. » Une loi du 2 août 1868, s'inspirant de théories plus conformes à l'égalité des individus devant la loi, a fait disparaître de notre législation cette singularité juridique qui semblait être le dernier vestige des institutions féodales.

Il faut franchir un intervalle de près de quarante ans pour trouver une disposition législative favorable aux travailleurs : c'est la loi du 22 mars 1841 relative au travail des enfants employés dans les manufactures, usines ou ateliers dont le but était de protéger l'enfant contre le surmenage physique.

Dix ans plus tard est votée une loi relative au contrat d'apprentissage, qui porte la date du 22 février 1851. Elle règle d'une manière fort équitable la nature et les conditions de ce contrat, détermine paternellement les devoirs des maîtres et des apprentis, fixe sagement les causes de résolution de ce contrat : c'est en somme une bonne loi, mais elle ne concerne que l'apprentissage.

Une loi du 22 juin 1854 sur les livrets d'ouvriers vint réglementer la tenue de ces livrets qui existaient déjà en vertu de deux arrêtés, l'un du 9 frimaire et l'autre du 10 ventôse an XII. Elle imposait aux ouvriers l'accomplissement d'une série d'obligations fort gênantes. Inutile à ceux qui étaient d'une conduite exemplaire, le livret avait le défaut de stigmatiser pour toujours les ouvriers qui commettaient une faute ou qui avaient l'infortune de subir quelques chômages successifs. Sa suppression était à peu près unanimement réclamée. Une loi du 2 juillet 1890 l'a aboli en principe, sauf quelques rares exceptions.

Si nous ajoutons à ces dispositions les diverses lois relatives à la juridiction des prud'hommes, nous aurons à peu près la liste complète des textes dont nos législateurs avaient gratifié l'ouvrier français durant une période de quatre-vingts ans.

Pendant le même laps de temps, de 1802 à 1880, l'Angleterre, plus soucieuse que nous du sort de ses véritables producteurs, leur avait donné vingt-cinq lois qui toutes tendaient à améliorer leur situation.

Depuis dix ans, il semble du reste que nous soyons entrés dans la même voie que nos voisins d'outre-Manche.

Douze lois au moins qui sont toutes favorables aux travailleurs ont été votées dans cette courte période ; elles témoignent de la sollicitude de nos gouvernants pour ceux que le hasard a fait naître dans la pauvreté.

Ce nombre déjà considérable de dispositions législatives paraît destiné à s'augmenter dans de larges proportions étant donnés les besoins réels des travailleurs et l'énergie qu'ils déploient pour obtenir la satisfaction de leurs désirs.

Au nombre des projets de réforme dont ils poursuivent la réalisation avec le plus d'acharnement, on trouve *la réforme des bureaux de placement.*

Depuis tantôt huit ans, le Parlement est saisi de cette question : la dernière proposition de loi concernant la matière est due à M. Georges Berry ; elle va être incessamment l'objet d'un rapport à la Chambre. C'est donc au premier chef un sujet d'actualité : ce motif justifie le choix que j'en ai fait.

Avant d'étudier devant vous, Messieurs, le mécanisme actuel de cette institution, je crois qu'il est intéressant de vous en tracer brièvement l'historique, après quoi j'en indiquerai le fonctionnement et les vices, les projets de réforme dont elle est l'objet ; et j'essaierai d'en tirer une conclusion pratique.

* *** *

Les bureaux de placement sont des intermédiaires destinés à mettre en rapport l'employeur avec l'employé.

Le jour où il exista un ouvrier libre et un patron, la question du placement se posa : elle naît vers le milieu du moyen âge, au moment précis où le servage agonise. L'ouvrier devenu indépendant doit chercher par lui-même le travail : il obtient ce résultat en se présentant directement chez le maître ; en stationnant sur les places d'embauchage,

véritables bourses du travail à l'état rudimentaire ; ou enfin
en recourant à l'intermédiaire des couvents qui pratiquè-
rent les premiers le placement des domestiques et des
nourrices.

De ces trois modes de placement, le deuxième était de
beaucoup le plus fréquent, tous les ouvriers pouvant en
user ; mais il était surtout utilisé par ceux dont les professions étaient le plus susceptibles de chômages fréquents.
Les ouvriers de certains métiers, notamment les maçons et
les charpentiers, étaient tenus d'y avoir recours (1), de même
que les laboureurs de vignes, vendangeurs, faucheurs et
batteurs en grange. A côté de ceux-ci, à qui la coutume ou
les ordonnances des rois faisaient un devoir de subir ce
mode de placement, se joignaient les fainéants, les vagabonds, les gens sans aveu, qui venaient au hasard des cir-
constances tenter le gain de quelques sous sur le marché au
travail.

Dès le xiii° siècle apparaissent les bureaux de placement.
Ils étaient sans doute dans ces temps reculés une source de
fortune et d'honneurs, puisque Jean Le Bon crut faire une
libéralité insigne aux quatre filles de sa nourrice, en les
autorisant à ouvrir chacune un bureau de placement pour
recevoir les nourrices qui venaient à Paris chercher des
nourrissons. Elles portaient le nom de *recommanderesses*.

Les bureaux de placement dont le nombre s'accrut avec
le temps restèrent spéciaux aux femmes ; un fait économique important écarta pour longtemps l'ouvrier de ce
mode de placement : je veux parler du compagnonnage.

Il atteint son complet développement au xvi° siècle, et il

(1) Etienne Boileau, *Registres des métiers*, édit. Depping., pp. 131-132.

apparaît alors comme une institution de secours, de crédit et de placement, comme un système de fédération de syndicats qui luttent par l'interdit, par la grève et par la force contre tous ceux qui veulent retrancher quelque chose des privilèges que les compagnons se sont attribués.

Le placement est alors une fonction du compagnonnage et il présente des caractères spéciaux. Un ouvrier arrive-t-il dans une ville, il sait d'avance qu'il aura du travail : les compagnons lui feront partager leur besogne au risque de faire des journées moins longues. Comme prix d'embauchage, il n'aura rien à payer : on l'installera chez le patron et pour fêter sa venue on procédera à de copieuses libations ; le *Devoir* consiste en effet à boire autant de bouteilles de vin qu'il y a d'ouvriers dans chaque boutique.

Vous pouvez penser, Messieurs, que si le compagnonnage présentait des avantages pour les ouvriers, il comportait pour les maîtres des inconvénients multiples dont le principal était la mise en interdit des ateliers sous les prétextes les plus futiles.

Les maîtres par leurs réclamations, la royauté par des lettres patentes, le Parlement par des arrêts cherchèrent à briser les règles du compagnonnage, ils n'y réussirent pas puisqu'on le trouve vivace encore pendant la première moitié du xixe siècle.

Mais pendant que le pouvoir lançait en vain ses anathèmes contre le compagnonnage, les maîtres prenaient des mesures d'ordre intérieur destinées à déjouer les manœuvres des compagnons.

Ils complétèrent les anciens statuts en y insérant l'obligation, pour les ouvriers, d'obtenir un certificat de leur ancien patron, et de se faire inscrire chez le secrétaire ou clerc de la communauté. Cette dernière formalité emportait pour les ouvriers la prohibition du droit de se placer entre eux : dès le xviie siècle, le placement légal avait lieu par l'intermédiaire du clerc de la communauté et par lui seul.

Mais ce mode de placement ne fut pas étendu à tous les métiers, ainsi le Livre Commode pour 1692 indique que les cordonniers, serruriers, menuisiers, tonneliers, etc., s'embauchent par eux-mêmes en se présentant dans les boutiques, tandis que les maçons, manœuvres, limousins, etc., s'assemblent à la grève tous les matins des jours ouvrables de quatre heures jusqu'à six heures où l'on va prendre ceux dont on a besoin pour les ateliers (1).

Les maîtrises et jurandes supprimées par Turgot furent bientôt rétablies et le placement par les clercs s'étendit à la majeure partie des professions.

Pendant que les communautés d'arts et métiers, avec l'appui de la royauté, luttaient contre le compagnonnage pour opérer l'embauchage des ouvriers, le xviie siècle vit apparaître un nouveau système de placement pour le personnel de toutes les professions non syndiquées et qui n'avaient pas constitué de communauté.

Ce furent les *bureaux d'adresses* que Théophraste Renaudot institua en vertu d'un brevet du roi Louis XIII du 14 août 1612 qui lui en permettait l'exploitation exclusive.

Il a décrit lui-même, dans le tome XXII du *Mercure français*, l'utilité de la création de son bureau « pour les étrangers, les maltôtiers, malheutres, vagabonds, pieds-

(1) *Le Livre Commode des adresses de Paris pour 1692*, par Abraham du Pradel, vol. II, p. 49.

plats, goujats de toute farine, qui inondent Paris, cette
ville qui semble être le pays commun de tout le monde,
sous l'espérance de quelque avancement qui se trouve ordi-
nairement être vain et trompeur... Ils pourront désormais,
dit-il, une heure après leur arrivée en cette ville, venir
apprendre au bureau s'il y a quelque emploi ou condition
présents, et y entrer beaucoup plus aisément qu'ils ne le
feraient après avoir vendu leurs hardes ; ou, n'y en ayant
point, se pourvoir ailleurs. »

Ces bureaux d'adresses, dont Théophraste Renaudot
prétend avoir puisé l'inspiration dans Aristote (1) et Mon-
taigne (2), n'étaient en somme qu'une généralisation de
l'institution des bureaux de nourrices tenus par les recommanderesses.

Les bureaux d'adresses se maintinrent avec des fortunes
diverses ; on en retrouve encore les traces à la fin du xvii⁰
siècle.

Cinq modes de placement se trouvaient en concurrence au moment où la Révolution vint transformer l'ancien
régime. Il s'opérait par les clercs des communautés, par le
compagnonnage, par les bureaux d'adresses, par l'embauchage sur la place publique ou par les rapports directs du
maître et de l'ouvrier.

Le décret des 2-17 mars 1791, en proclamant la liberté
du commerce et de l'industrie, supprimait les communautés.
Les clercs de ces communautés disparurent par voie de con-
séquence : ainsi s'éteignit l'institution normale et légale du
placement sous l'ancien régime.

(1) *Politique*, 4ᵉ livre, chapitre XV.
(2) *Essais*, chapitre XXIV.

La période troublée qui s'étend de 1791 au début de
1803 est demeurée d'une obscurité compacte sur la question
de l'embauchage.

***

Avec le Consulat apparaît une réglementation nouvelle de
l'industrie du placement.

La loi du 22 germinal an XI prohibe les coalitions des
ouvriers que la Constituante n'avait pu empêcher et en
punit les auteurs de l'emprisonnement.

Pour assurer l'exécution de cette disposition, par la même
loi, le législateur institua les livrets d'ouvriers dont l'idée
était empruntée à l'ancien régime. « Nul ne pourra, disait
l'article 12 de cette loi, recevoir un ouvrier s'il n'est porteur
d'un livret portant le certificat d'acquit de ses engagements
délivré par celui de chez qui il sort. »

Cette législation fut complétée par l'article treize de l'ordonnance de police du 20 pluviôse an XII qui disposait : « Il
sera établi à Paris des *bureaux de placement* pour les clas-
ses d'ouvriers à l'égard desquelles ils seront jugés nécessaires. »

L'existence des bureaux de placement était intimement
liée au sort des livrets d'ouvriers; aussi ces bureaux n'effec-
tuèrent-ils que le placement des ouvriers proprement
dits.

Quant au placement des domestiques et des employés, il
ne fut l'objet d'aucun monopole. On vit alors une multitude
d'individus se livrer à l'industrie du placement à la seule
condition du paiement de la patente et d'une déclaration
préalable à la préfecture de police. Leur cupidité ou leurs
besoins les conduisirent directement à l'escroquerie ; et les
plaintes dont ils furent l'objet furent écoutées par les commissaires de police d'une oreille très inattentive.

M. de Belleyme, alors préfet de police, adressa, le 1ᵉʳ juillet 1829, à ses commissaires une circulaire qui les rappelait à leur devoir en termes fort énergiques et leur prescrivait d'avoir à lui transmettre toutes les plaintes qui leur auraient été formulées à cet égard.

Néanmoins les agences interlopes de placement continuent à subsister : par des annonces elles trompent les domestiques en leur indiquant des emplois qui n'existent pas, et les patrons de ces officines, aussi immoraux que peu délicats, les transforment souvent en agences de la prostitution (1).

La nouvelle réglementation du placement pouvait faire regretter l'ancienne : les clercs des communautés placés sous le contrôle des maîtres n'avaient jamais soulevé de plaintes de cette nature.

Le compagnonnage, comme nous l'avons indiqué plus haut, avait survécu au vieux régime industriel. S'il reste encore au xixᵉ siècle une institution de crédit, et une société de secours mutuels, il est aussi et avant tout un système d'embauchage.

Mais les luttes sanglantes des compagnons, leurs pratiques bizarres et souvent grossières achevèrent de les discréditer : ils perdirent le monopole de l'embauchage. Ce fut la ruine de leur institution, et si le mot compagnon est resté chez nous populaire, le compagnonnage n'existe plus en France qu'à l'état de vestiges épars.

La seconde République, en créant les ateliers nationaux, par décret du 26 février 1848, modifia, pour un instant, la

(1) *Les domestiques en France*, par Casimir Mittre, avocat, 1837, pp. 154 et suivantes.

question de l'embauchage. La présentation par l'ouvrier
d'un billet du maire contenant son nom et son adresse suf-
fisait à le faire admettre aux travaux des ateliers nationaux.

Le gouvernement provisoire de 1848 supprima en outre
un mode de placement des ouvriers qui avait soulevé de
justes récriminations, c'est le *marchandage* qui était une
véritable exploitation des ouvriers par les sous-entrepre-
neurs.

Quelques jours plus tard, un décret établit dans chaque
mairie de Paris un bureau gratuit de renseignements dont
les registres devaient être communiqués à tous les citoyens
qui en feraient la demande.

Mais toutes ces mesures avaient laissé intacts les bureaux
de placement qui continuaient sans contrôle l'exercice de
leur industrie.

Ils furent l'objet de plaintes sans nombre qui décidè-
rent le préfet de police Caussidière à les interdire formel-
lement.

Le rétablissement des bureaux de placement, qui s'opéra
à la disparition du gouvernement provisoire, souleva de
vives protestations de la part des ouvriers ; la police dut
ouvrir une enquête en 1849. M. Nusse chargé de la diriger
entendit 173 ouvriers boulangers. 10 placeurs de ces mêmes
ouvriers dont il compulsa les registres ; sa conclusion fut
la suivante : « Les plaintes que les ouvriers boulangers ont
adressées dans ces derniers temps à M. le préfet de police
sont en grande partie fondées, et on comprend, si on ne
l'excuse pas, la haine qu'ils manifestent vis-à-vis des anciens placeurs. »

Les résultats de cette enquête émurent le législateur ; diverses propositions de lois pour la réglementation des bu-

reaux de placement furent prises en considération par l'Assemblée législative, une commission nommée pour les examiner poussa activement ses études ; et elle avait établi l'accord sur les points principaux lorsque le coup d'État du 2 décembre 1851 vint interrompre ses travaux.

***

L'Empire reprit la question des bureaux de placement et fit procéder à une vaste enquête après laquelle fut promulgué le décret du 25 mars 1852, qui régit aujourd'hui encore cette industrie.

Depuis ce décret jusqu'en 1877, nulle récrimination ne fut officiellement formulée contre les bureaux de placement.

Mais vers cette dernière date, on trouve une circulaire du Ministre de l'intérieur qui informe les préfets du défaut de surveillance des bureaux de placement, révélé par des poursuites contre les placeurs portées devant les tribunaux.

Malgré la sévérité de la police à l'égard des placeurs et l'observation des règlements depuis cette époque, un courant d'opinion s'est formé contre les bureaux de placement ; il a reçu sa consécration dans la loi du 21 mars 1884 sur les syndicats professionnels qui fait une large brèche au monopole des placeurs en décidant dans son article six que « les syndicats de patrons ou d'ouvriers pourront librement créer et administrer des offices de renseignements pour les offres et les demandes de travail. »

Une vive agitation a été commencée, à Paris au mois de juin 1886, par les garçons de café et les garçons coiffeurs pour réclamer des pouvoirs publics la suppression des bureaux de placement. Le mouvement eut pour prétexte des désordres assez graves qui se passèrent dans un bureau. Des bandes de garçons de café parcoururent Paris arrachant au hasard les plaques des placeurs. A la suite de ces manifestations, plusieurs réunions eurent lieu, au cours desquelles se forma une chambre syndicale des garçons de café et des garçons marchands de vins. Elles adressèrent leurs doléances à la Chambre des députés, mais n'obtinrent pas même une promesse favorable. Le conseil municipal de Paris fit à leurs revendications un accueil bien meilleur, et, sur la proposition de M. Mesureur, vota un vœu tendant à réclamer des pouvoirs publics la suppression des bureaux de placement. Le vœu fut annulé, mais la chambre syndicale, sans se décourager, prit l'initiative d'une pétition qui réunit 30.000 signatures et qui fut adressée aux députés de la Seine. Le 4 février 1887, une proposition de loi fut déposée par MM. Camelinat, Planteau, etc., alors députés, qui demandèrent l'abrogation du décret de 1852 et la substitution aux bureaux de placement des chambres syndicales, des bourses du travail et des municipalités en leur imposant l'obligation du placement gratuit.

Rien ne fut obtenu ; alors les manifestations recommencèrent ; et les bureaux de placement furent en plusieurs endroits entièrement saccagés. Les manifestants s'en prirent à certains cafés qui refusaient de prendre leur personnel à la chambre syndicale. Le café du Delta, le café Américain et le Divan oriental éprouvèrent de sérieux dégâts.

Ces manifestations furent le point de départ d'une série de propositions de lois dues la première à MM. Mesureur et Millerand ; la deuxième à MM. Dumay et autres ; une troisième à la commission d'initiative parlementaire ; une quatrième à MM. Coutant et autres et enfin la cinquième et dernière à M. Georges Berry.

. Telle est, Messieurs, l'histoire sommaire des bureaux de placement, étudiée au regard de l'embauchage en général : elle est faite de changements, de crises, d'agitations qui démontrent combien il est difficile de réglementer législativement les bureaux de placement dont nous allons étudier maintenant l'organisation actuelle.

En vertu du décret du 25 mars 1852, nul ne peut tenir un bureau de placement sans une permission spéciale délivrée par l'autorité municipale et qui ne pourra être accordée qu'à des personnes d'une moralité reconnue. La surveillance de ces bureaux, pour le maintien de l'ordre et de la loyauté de la gestion, est confiée à l'autorité municipale qui règle en outre le tarif des droits qui pourront être perçus par le gérant. Toutes contraventions à ces dispositions sont punies des peines de simple police.

L'ordonnance du 5 octobre 1852 décida que l'arrêté d'autorisation réglerait, s'il y avait lieu, le tarif du droit d'inscription qui, dans aucun cas, ne pourrait excéder cinquante centimes, et en outre que le placeur serait tenu de délivrer gratuitement, lors de l'inscription, les conditions du tarif fixé pour le bureau et la quittance de la somme qu'il aurait reçue soit à titre de droit d'inscription soit à titre d'avance sur le droit de placement.

Telles étaient les règles fondamentales qui, à Paris, déterminaient le fonctionnement des bureaux de placement ; la plupart des municipalités où s'établirent de semblables bureaux se les approprièrent, et c'est sous l'empire de cette législation que fonctionne encore cette institution.

Les partisans des bureaux de placement trouvent qu'ils réunissent tous les avantages que l'on est en droit d'en attendre. Je laisse ici la parole à M. Yves Guyot (1), l'un de leurs plus chaleureux défenseurs :

« J'ai voulu, dit-il, me rendre compte par moi-même du fonctionnement des bureaux de placement. Il n'est pas aussi simple qu'on le croit. Ils ne constituent pas une institution mécanique ; ils ne se bornent pas à avoir des registres sur lesquels les demandes et les offres sont inscrites, ils ont encore *des dossiers personnels*. Ils savent par exemple que tel ouvrier, tel employé a un caractère violent ; tel patron, qui peut être un très brave homme, a également un caractère violent. Aussi ils se garderont de mettre ces deux violences en contact.

« Les bureaux de placement ont des dossiers personnels. Ils savent que tel individu est frappé de telle tare, et ils ne le placent pas.

« Ils savent également que certains individus ne restent jamais dans les places qu'on leur procure ; que d'autres ne veulent faire que des extras, travailler deux ou trois jours et s'en aller ensuite. Aussi, au bout d'un certain temps ils ne les placent plus. »

Telle est d'après M. Yves Guyot la vérité sur les bureaux de placement ; aussi le succès répond à cette organisation de premier ordre : en 1891, les 494 bureaux autorisés à Paris ont enregistré 2.495.079 demandes et ont fait 459.459 placements à demeure et 361.991 extras, et cela, malgré la formidable concurrence des intermédiaires du placement gratuit.

Voilà, Messieurs, l'avis des panégyristes ; écoutons les doléances des détracteurs.

Je les emprunte aux domestiques pour deux motifs : d'abord

(1) De la suppression des bureaux de placement. *Revue politique et parlementaire*, n° 1, p. 53.

par ce que les deux tiers des bureaux sont affectés au placement des domestiques ; ensuite parce que cette catégorie de personnes représente l'élément le plus pondéré des employés.

Leurs griefs principaux sont les suivants :

1° L'exploitation éhontée des domestiques obligés de payer au placeur une commission de 3 à 5 pour cent et quelquefois plus pour chaque placement fait par son intermédiaire. Cette commission de 3 à 5 pour cent est calculée sur la valeur totale des gages d'une année et le placeur en exige le paiement huit jours après l'entrée des domestiques en place. De telle sorte qu'en admettant qu'un domestique homme gagne 70 francs par mois ce qui fait 840 fr. par an, il est obligé de verser au placeur 33 fr. 60 au moins, c'est-à-dire quatre pour cent de son salaire annuel. Si ce domestique est marié et veut se placer avec sa femme, en estimant les gages de celle-ci à 50 francs par mois, ce qui porte le salaire du ménage à 120 francs par mois, ou 1440 fr. par an, la commission sera de 57 fr. 50. Si, pour une raison quelconque, ces domestique ne restent que deux ou trois mois dans leur place ; ils devront payer encore 57 fr. 50 pour le nouvel emploi que leur procurera le placeur. On cite de nombreux ménages qui ont fait ce versement trois fois dans la même année, soit au total une dépense de 172 fr. 80 de commission, avant d'avoir pu trouver une place stable.

2° Pour obtenir de bonnes places dans les bureaux de placement il faut intéresser le placeur à l'aide d'une gratification sans préjudice des droits de placement.

3° Les bons serviteurs sont systématiquement envoyés dans les places défectueuses pour être obligés de changer fréquemment et de payer plusieurs placements dans l'année.

4° Les placeurs envoient aux maîtres qu'ils ont pour

clients des circulaires, ou leur écrivent afin de leur propo-
ser des serviteurs qu'ils prétendent meilleurs ou moins exi-
geants pour leur salaires que ceux qu'ils leur ont antérieu-
rement procurés.

5° Enfin quelques placeuses remplissent clandestinement
le rôle de proxénètes en envoyant les jeunes filles chez des
personnes d'une moralité douteuse.

A ces accusations nettement précisées, que répondent les
placeurs ?

En premier lieu, ils déclarent que les griefs articulés
contre eux par les serviteurs sont mal fondés, puisque leurs
agences ne peuvent prospérer qu'à la condition d'être des
maisons de confiance.

Cet argument trop général n'a aucune portée, car la
question n'est pas de savoir comment leurs bureaux doivent être gérés pour prospérer, mais bien de savoir comment ils les gèrent. Ils peuvent parfaitement tromper un
domestique sans perdre sa clientèle, car dès qu'il sera
sans place il reviendra chez son placeur, d'abord parce qu'il
le connaît, ensuite parce qu'il craint de le mécontenter et
qu'il sait parfaitement que, s'il s'adresse à un autre bureau,
son *dossier* y sera arrivé presque en même temps que lui ;
enfin et surtout parce qu'il est assuré d'avance que les pratiques des bureaux de placement sont à peu près identiques.

Quant aux mutations qui leur sont imputées, les placeurs
répondent qu'elles sont plutôt le fait des mauvais serviteurs
qui ne trouvent jamais de places à leur convenance et celui
des maîtres fantasques qui changent de domestiques vingt
fois et plus dans une année. Elles sont dues encore, disent-
ils, à l'habitude que les familles parisiennes riches ont
prise de mener pendant l'été une sorte d'existence nomade,

en vivant à l'hôtel dans les villes d'eau et de congédier avant leur départ, sans aucun égard, la majorité du personnel qu'elles emploient pendant l'hiver. Il est juste de reconnaître qu'il y a là une certaine part de vérité ; mais il est exact de dire également qu'avec le placement gratuit les domestiques ne ressentiraient point ce fâcheux contre-coup des caprices de leurs maîtres.

Enfin, sur la question de moralité, les placeurs déclarent que tous ceux qui exercent honnêtement leur profession, loin d'encourager la prostitution, ont constamment à se défendre et à défendre leur clientèle contre des offres d'emploi plus ou moins brillantes faites par des personnes de mœurs équivoques qui viennent demander des jeunes servantes, sans donner leur véritable adresse et sans révéler leur condition. Les placeurs scrupuleux doivent prendre souvent sur les maîtres plus de renseignements que sur les domestiques. J'avoue que cette argumentation très séduisante ne répond pas entièrement à l'objection : sans doute, les placeurs honnêtes, et je veux croire que leur nombre dépasse celui des placeurs malhonnêtes, ne se prêtent pas aux caprices d'une civilisation corrompue, mais le grief reste entier contre toute la catégorie des placeurs dont l'idéal moral est borné à la possession du métal-monnaie.

Si l'on s'en tenait, Messieurs, aux déclarations exclusives des domestiques d'une part, des placeurs de l'autre, on risquerait fort d'avoir une opinion très hésitante sur les bureaux de placement : on se trouve en effet en présence de deux catégories d'individus qui luttent pour leur existence et dont les intérêts sont en rapport inverse les uns des autres.

La préfecture de police à Paris a eu à donner en 1891 son appréciation sur les bureaux de placement. Je crois

utile de la reproduire ici, car elle contient les causes exactes
bien qu'incomplètes des réclamations des employés.

« Toutes ces réclamations, dit-elle, malgré leur diversité,
se rapportent à un fait principal, imputable aux placeurs.

« C'est l'abus que font ces derniers de la faculté qui leur
a été attribuée par la législation de 1852 de percevoir une
avance pécuniaire, le droit de placement n'étant régulière-
ment exigible qu'après l'emploi indiqué, accepté et éprouvé
pendant huit jours au moins.

« Pour un placeur peu scrupuleux, il y a dans cette disposition un moyen d'exploitation des plus commodes. Une
fois en possession de la somme perçue à titre d'avance il in-
voquera pour ne pas la restituer des prétextes qu'il serait trop
long de décrire ici. Et il sait bien que l'ouvrier, n'ayant pas
le temps de recourir au commissaire de police constitué juge
de ces sortes de différends, abandonnera souvent sans avoir
obtenu d'emploi une somme variant de deux à six francs.

« Pour certaines professions, les ouvriers boulangers,
par exemple, un abus du même genre est encore plus criant.
En violation des dispositions formelles de l'article 8 de l'ordonnance de police du 5 octobre 1852, certains placeurs
de cette catégorie d'ouvriers ne procureraient d'emploi qu'à
ceux qui leur consentiraient une prime de vingt francs. »

Ces déclarations de la préfecture de police peuvent être
acceptées comme sincères; les faits viennent du reste les
confirmer, puisque, de 1884 à 1891, vingt-six bureaux de
placement ont été fermés, dont vingt-cinq pour escroquerie
et un pour prostitution clandestine.

On peut donc affirmer qu'à Paris les bureaux de placement, par des pratiques souvent indélicates et malhonnêtes,
ont mérité la plupart des griefs qui leur sont reprochés.

***

Pour avoir une idée complète de cette institution, il est indispensable de rechercher comment elle fonctionne en province.

Les avantages y sont les mêmes qu'à Paris : les inconvénients diffèrent sensiblement.

L'administration préfectorale du Rhône donne à ce sujet les renseignements suivants : « Les garçons boulangers se plaignent de l'élévation du tarif appliqué par les bureaux de placement, parce qu'ils restent peu de temps dans leurs places ; de plus les placeurs qui sont cafetiers et logeurs leur font dépenser leurs économies, et ne les placent que lorsqu'ils n'ont plus d'argent. Quelques domestiques des deux sexes se plaignent également de ce que les tarifs sont trop élevés. Quelques patrons, ouvriers et domestiques se plaignent aussi d'être fréquemment trompés par les placeurs qui leur donnent des renseignements erronés sur les emplois en vue et les personnes à placer ».

La préfecture de la Gironde résume ainsi son avis sur les bureaux de placement : « On reproche aux placeurs d'exploiter leurs clients en leur réclamant des sommes supérieures à celles qui sont permises par le tarif réglementaire et cela sous prétexte de démarches, de frais de déplacement.

« Ces griefs sont souvent fondés ».

Voulez-vous connaître enfin, Messieurs, l'opinion d'un placeur de Limoges sur ses collègues? Je reproduis la déclaration qu'il a faite à l'Office du travail : « La plupart des bureaux, dit-il, sont gérés par des femmes qui ne suivent nullement le tarif de la municipalité. Elles ne délivrent aucun reçu d'inscription parce qu'elles ne font rien payer aux patrons pour les attirer dans leurs bureaux, et il en résulte que ceux-ci se font inscrire partout à la fois, et qu'on leur conduit un grand nombre de domestiques parmi lesquels ils choisissent celui qui consent au plus faible salaire, elles réduisent d'autre part le tarif de placement pour faire concurrence à leurs collègues ; enfin elles font racoler les domestiques au marché ou sur la voie publique pour que leur bureau possède toujours un nombreux choix de domestiques des deux sexes qui séjournent pendant des mois entiers dans ces bureaux, tandis que les bureaux auxquels ces procédés répugnent ne peuvent pas répondre à toutes les offres d'emploi qui leur sont adressées. D'autres agents des mêmes bureaux vont dans les localités voisines de Limoges les jours de foire, ils font battre la caisse pour annoncer de nombreuses places vacantes et attirer d'une distance plus ou moins grande, dans la ville, des malheureux qui souvent sont obligés de regagner leur pays d'origine, après avoir épuisé toutes leurs ressources. Ces déplorables procédés nuisent aux domestiques et aux ouvriers, aux patrons et aux placeurs que l'opinion publique englobe tous dans la même réprobation et considère sans distinction comme des exploiteurs. »

Les doléances de ce professionnel pourraient être considérées comme l'œuvre d'un individu au caractère aigri par une concurrence qui rend son métier difficile : peut-être sont-elles simplement les réflexions d'une nature honnête qui prend son métier au sérieux et qui a le désir ardent de voir chacun l'imiter. En tous cas, les griefs de ce placeur ne sont que le résumé des abus signalés par des préfets, la concordance de ces documents divers permet d'affirmer leur sincérité.

Dans cet exposé sommaire des abus, commis par les placeurs, j'ai omis à dessein d'indiquer les récriminations des chambres syndicales, dont les avis peuvent paraître trop intéressés pour être exacts.

Lors de son enquête sur les bureaux de placement en 1891, l'Office du travail a demandé aux préfets, sous-préfets, maires, commissaires centraux, syndicats patronaux, syndicats ouvriers, chambres de commerce, leur opinion sur les solutions qu'ils proposaient relativement aux bureaux de placement.

Il a obtenu les réponses suivantes : 97 se prononcent pour le maintien de la législation actuelle ; 48 pour sa modification et 93 pour la suppression des bureaux de placement.

De tels résultats, motivés évidemment par les abus criants que nous venons de signaler, démontrent que la législation qui régit actuellement les bureaux de placement est loin d'être parfaite. Je vais donc rechercher les réformes qu'on a tenté d'y apporter.

Divers systèmes de réglementation ont été proposés au Parlement.

Une proposition de loi due à MM. Coutant, Toussaint et autres (1) a pour but l'abrogation du décret du 25 mars 1852 ; elle tend en outre à assurer le placement gratuit des ouvriers par l'entremise des Bourses de travail, des syndicats ouvriers, des groupes corporatifs ou à leur défaut par les municipalités qui y sont du reste autorisées par la loi municipale de 1884.

Les auteurs de cette proposition de loi l'ont fait précéder des observations suivantes : « Est-il juste, disent-ils, que le droit perçu le soit sur la seule partie contractante qui ne possède rien. Le placeur donne gratuitement ses services

____

(1) 25 novembre 1893. Doc. parl., n° 47, *Journ. off.*, p. 50.

au patron qui pourrait payer et les vend à l'ouvrier qui ne le peut pas. Vous n'avez pas d'argent. Eh bien ! De par la loi vous n'aurez pas de travail. » Cette critique, exprimée en termes très énergiques, n'est malheureusement que trop exacte.

Une autre proposition de loi due à MM. Mesureur et Millerand (1) impose la gratuité aux bureaux de placement autorisés à mesure que le placement gratuit sera assuré par un bureau municipal ou la Bourse du travail.

Ce système, plus habilement présenté que le précédent, conduit à des résultats identiques : car la gratuité du placement entraînerait sans aucun doute la suppression des placeurs que leur industrie ne pourrait plus faire vivre.

Ces deux propositions de loi, qui n'en font qu'une seule dans les résultats, présentent au point de vue économique et politique des dangers auxquels le législateur ne saurait exposer les ouvriers.

Supposons en effet qu'une telle loi soit mise en vigueur dès aujourd'hui. La suppression brusque des bureaux de placement créerait, à Paris surtout, les plus fâcheux résultats.

Les nouveaux intermédiaires du placement recevraient sans doute l'offre de l'ouvrier, mais recevraient-ils également la demande du patron. J'en doute fort.

La Bourse du travail, en effet, est devenue, au dire de M. Leroy-Beaulieu, « une sorte d'antre bruyant de l'anarchie » où le patron ne s'aventure guère de peur d'y être qualifié, s'il veut débattre le prix du travail du nom disgrâcieux « d'exploiteur ». Les placements opérés par la Bourse du travail sont à peu près insignifiants. En 1892, les placements mensuels s'y chiffraient de la manière suivante :

(1) 17 décembre 1889.

employés de commerce 6, boulangers 97, employés d'hôtel 224 ; garçons coiffeurs 734 ; mais ces deux dernières catégories ne comptaient que des extras. Quelques autres placements y étaient effectués ; mais, pour aucune autre profession, ils ne dépassaient la centaine (1).

Les syndicats réunissent-ils donc toutes les qualités nécessaires pour devenir les intermédiaires du placement ? Je ne le crois pas non plus.

Il faut remarquer, en effet, qu'un grand nombre de professions ne sont pas syndiquées ; et que toute la catégorie des domestiques qui représente à elle seule près de la moitié des ouvriers ne peut guère se syndiquer. En outre, le placement par les syndicats est loin d'être gratuit, puisque les membres qui en font partie doivent payer une cotisation. Enfin il y a dans les syndicats comme partout des compétitions, des rivalités et des jalousies. Si l'on ajoute à cela que les patrons évitent autant que possible de prendre des ouvriers des syndicats, parce qu'ils exigent des salaires trop élevés, on hésitera sans doute à ériger les syndicats en intermédiaires destinés à remplacer les bureaux de placement actuels.

Enfin, les deux projets de loi qui tendent à la suppression des bureaux de placement entendent confier aux municipalités le soin d'organiser le service du placement par un bureau municipal.

La réalisation de cette idée supprimerait sans doute les principaux inconvénients des bureaux de placement ; mais elle est d'autre part l'objet de griefs nombreux dont nous allons examiner dans un instant la valeur.

---

(1) Le récent décret du 7 décembre 1895 *portant organisation de la Bourse du travail de Paris*, ne modifiera sans doute guère les mœurs des habitués de ce local ; et il est à craindre que l'article 7 du décret qui autorise la ville de Paris à installer à la Bourse un bureau central et permanent de placement gratuit municipal ne demeure, en fait, lettre morte.

Quoi qu'il en soit, les projets de loi dont nous venons d'a-
nalyser les principes paraissent inacceptables ; en raison
des solutions trop radicales qu'ils proposent outre les inconvénients que nous venons de signaler, une raison capi-
tale les a fait rejeter par les différentes commissions qui ont
eu à les examiner.

Le placeur, en effet, est un industriel qui exerce depuis 1852
sa profession sous la protection des lois et règlements, qui
semble avoir le droit de la conserver.

Chaque bureau de placement vaut à Paris de 25 à
60.000 francs ; c'est le prix que les paient du moins les titulaires actuels.

Or, les propositions de MM. Mesureur et Coutant auraient pour résultat de leur faire perdre du jour au lende-
main non seulement leur situation, mais encore le capital
avec lequel ils ont payé leur fonds de commerce.

Leur situation serait à peu près la même que celle de
l'avoué à qui l'État supprimerait l'exercice de son office
sans lui en rembourser le prix d'achat.

Les officiers ministériels à qui l'État imposerait une
loi ayant cet effet crieraient à la spoliation ; les placeurs
en font autant : je crois qu'ils n'ont pas tort.

Les adversaires des bureaux de placement l'ont compris
du reste et la proposition de loi due à M. Georges Berry (1)
a précisément pour but d'arriver à la suppression des bu-
raux de placement en évitant de spolier les placeurs.

Cette proposition de loi pose en principe qu'il ne sera
donné à l'avenir aucune autorisation d'ouvrir un bureau de
placement ; elle ajoute qu'il ne pourra être accordé aucun
droit de transmission d'un bureau de placement soit à titre
onéreux soit à titre gratuit.

(1) 10 mai 1895. *Journ. off.*, doc. parl., n° 620.

Si M. Georges Berry a pensé que sa proposition était de tous points conforme à l'équité, il a commis une étrange erreur.

Prenons en effet comme exemple un cas de nature à se présenter souvent : un individu devient gérant d'un bureau qu'il paie 50.000 fr. il le conserve pendant quinze années. Si ce bureau lui a rapporté bon an mal an 12.000 fr., ce qui est une moyenne assez respectable, qu'il ait dépensé chaque année les deux tiers de son bénéfice brut, il aura réalisé une fortune de 60.000 fr., mais comme il a engagé au début 50.000 fr. de capital, il aura en définitive avec le système de M. Berry acquis une somme de 10.000 fr. en quinze ans. Croyez-vous qu'il y ait là de quoi assurer son existence et celle de sa famille, dans une ville où la vie coûte aussi cher qu'à Paris ?

Il me semble que le placeur qui a obtenu, en vertu du décret du 25 mars 1852 l'autorisation de fonder un bureau de placement, qui s'est créé une clientèle, a le droit de céder à autrui le bénéfice de sa situation; il a par son habileté, son travail et son énergie, créé une valeur qu'il a le droit d'utiliser comme il l'entend au mieux de ses intérêts.

Il est vrai que M. Georges Berry raisonne sur un principe faux : de là les conséquences auxquelles il est conduit :

D'après lui, le droit concédé aux placeurs émanant de l'autorité administrative ne saurait constituer le don d'un fonds de commerce que l'intéressé pourrait céder à beaux deniers comptants. Cette thèse renferme une double confusion : d'abord, si l'administration concède au placeur son droit, il y a lieu d'ajouter qu'elle ne le fait qu'en vertu d'une délégation d'un décret qui a force de loi; c'est le décret qui permet la création des bureaux de placement sous conditions : l'autorité municipale en permettant aux individus de les ouvrir ne fait que vérifier s'ils réunissent les conditions imposées par le décret ; ensuite, il est inexact de dire que le droit concédé par l'autorité de gérer un bureau de placement constitue le don d'un fonds de commerce car ce que le placeur obtient par l'autorisation qui lui est donnée n'est point le fonds de commerce lui-même, mais le droit de le créer de l'organiser, et de le faire prospérer par le travail.

A cette condition, je crois que le fonds de commerce créé par le placeur constitue pour lui un droit. M. Georges Berry l'admet, et il pense que ce droit est un droit personnel. Je n'y contredis point, mais ce que je conteste, bien que l'honorable député l'affirme, c'est que ce droit soit intransmissible à titre onéreux ou à titre gratuit. Ce droit est dans le commerce ; il constitue une partie du patrimoine du placeur ; or je ne sais pas un texte de loi qui prohibe la transmission d'un tel droit, fût-il personnel.

J'en conclus que si l'État veut supprimer les bureaux de placement, il doit pour le moment du moins payer aux titulaires de ces bureaux la valeur de leurs fonds créés en vertu d'un décret, et gérés sous le contrôle de l'administration.

Cette considération logique et équitable est sans doute le point de résistance inexpugnable contre lequel viendront échouer les tentatives de ceux qui réclament la suppression des bureaux de placement.

Mais comme cette institution présente des inconvénients d'une gravité exceptionnelle, je suis le premier à chercher le moyen légal de la saper dans ses fondements et à essayer de lui substituer à bref délai un mode de placement qui comporte des avantages sans présenter ses inconvénients.

[*]

Le placement par l'intermédiaire des municipalités qui tient dans les propositions de lois présentées par les socialistes une place secondaire et très accessoire devrait, à mon avis, venir au premier rang.

Je n'ignore pas les reproches que l'on adresse à ce mode de placement, mais je les crois sans fondement.

Ces reproches sont les suivants :

En premier lieu, dit-on, imposer aux municipalités le service du placement, c'est imposer à tous les contribuables des charges nouvelles qui profiteront non à la collectivité mais à une catégorie d'individus, c'est faire du socialisme d'État.

Ce serait en tous cas du socialisme communal. Et puis, qu'importe le nom, si la chose doit aller sans de grands inconvénients. Les communes paient tant d'employés inutiles à tous qu'elles pourraient bien, une fois par hasard, en payer un qui fût vraiment utile à une catégorie très intéressante de citoyens. Au surplus cet employé n'a pas besoin de connaissances spéciales : un petit traitement lui suffira et quelques économies sagement pratiquées par ailleurs pourront le rémunérer de ses peines sans qu'il soit besoin de recourir à l'emprunt ou de grever encore des contribuables qui se plaignent à juste titre de payer trop d'impôts.

Les adversaires de ce système prétendent en outre que le bureau municipal sera ou une institution mécanique ou une institution intelligente.

Si c'est une institution mécanique, voici ce qui se produira : tel individu taré, telle domestique renvoyée de toutes ses places pour avoir fait sauter l'anse du panier avec trop de sans-gêne seront envoyés au fur et à mesure de l'inscription chez telle ou telle personne qui demande un ouvrier, un ou une domestique. Tout le monde sera mécontent.

Si c'est une institution intelligente, elle fera des enquêtes sur les antécédents de l'individu qui demande de l'ouvrage. C'est bien grave. Et si elle en prend sur l'ouvrier, elle doit en prendre aussi sur le patron ; elle n'enverra pas de femme de chambre ici parce que Madame est jalouse et que Monsieur lui en donne le droit. Elle n'enverra pas de cuisinière ailleurs parce que la maison paie mal (1).

Cette argumentation peut se retourner contre ceux qui la produisent, l'agent municipal remplira exactement les fonctions du placeur, pourquoi n'agirait-il pas exactement comme lui ? En quoi ses investigations sont-elles plus graves ou plus blessantes ?

Il faut ajouter, du reste, que les adversaires du placement municipal oublient trop facilement que tout ouvrier en quittant son patron a le droit d'obtenir de lui un certificat. S'il l'a bien servi, le certificat le constatera et cette pièce sera le plus sûr renseignement pour le patron futur.

Enfin, on craint qu'un pareil système ne devienne aux mains des maires un dangereux instrument politique. Cette appréhension ne se réalisera sans doute jamais, et cela pour deux motifs : dans les villes d'une certaine importance, les seules où l'agent de placement soit nécessaire, le maire ignore le plus souvent les idées politiques des individus ; et puis, les connût-il, il est impossible qu'il absorbe chaque jour son temps à l'étude des livres où seront consignés les offres et les demandes d'emploi. En tous cas, il est facile, par une disposition de loi, de le mettre dans l'impossibilité de nuire aux individus qui sont ses adversaires politiques.

(1) Yves Guyot, *loc. cit.*

***

En résumé, si j'avais, Messieurs, à donner un avis au législateur, je dirais d'établir le principe du placement municipal gratuit; et pour éviter toute fraude, j'exigerais que les mentions du livre du placeur fussent chaque matin affichées par ordre alphabétique de professions, dans la salle du bureau. L'offre et la demande pourraient ainsi se rencontrer sans difficulté et sur la foi des certificats dont l'ouvrier serait porteur contracter librement.

Je laisserais subsister les bureaux de placement, mais aux conditions suivantes :

Suppression absolue pour tous les bureaux du droit de percevoir une somme quelconque avant d'avoir procuré une place ;

Tarif uniforme de 3 p. 100 du salaire annuel pour toutes les professions, payables chaque mois par fractions, moitié par le patron, moitié par l'ouvrier ;

Prohibition pour tout placeur d'établir son bureau dans un restaurant, café ou débit de boissons quelconques.

Pour toute infraction à ces règles, déchéance pour le placeur du droit de gérer aucun bureau à l'avenir.

Je suis persuadé que ce régime donnerait sans doute satisfaction aux ouvriers les plus difficiles, tout en permettant aux placeurs honnêtes de gagner leur vie.

Il enlèverait aux socialistes le droit de dire que le bureau demande de l'argent à celui qui n'en a pas et fait un cadeau de ses services à celui qui pourrait le payer, puisque dans ce système le patron et l'ouvrier qui retirent du contrat un service égal paieraient un droit égal.

Enfin, le jour où le patron saurait qu'en prenant son ouvrier chez le placeur il devra débourser une somme même

minime, peut-être adresserait-il ses demandes au bureau
municipal gratuit. S'il continuait au contraire à s'adresser
au placeur, il faudrait dire cette fois que les bureaux de placement gérés par les particuliers sont supérieurs aux bureaux
municipaux, et ces derniers seraient à tout jamais condam-
nés.

En attendant l'accomplissement de cette expérience, qui
n'apporterait aucune perturbation ni aucune crise dans le
placement des ouvriers, il faudrait du reste laisser subsister tous les modes d'embauchage actuels : le placement
personnel qui a lieu par les relations directes de l'employeur
avec l'employé ; le placement gratuit que pratiquent déjà les
compagnons, les syndicats de patrons et d'ouvriers, les syndicats mixtes, les sociétés de secours mutuels et les sociétés
de bienfaisance qui placent chaque année environ 150.000
employés à demeure et 130.000 employés à la journée.

Je serais heureux, Messieurs, d'applaudir à une réforme
qui s'impose ; qui depuis huit ans est bruyamment réclamée ; mais comme, en France, l'élaboration des lois suit de
loin l'éclosion des idées, il est malheureusement à craindre
que les placeurs ne puissent continuer longtemps encore
l'exploitation des travailleurs.

Poitiers, Imprimerie Blais, Roy et Cie, rue Victor-Hugo, 7.

www.ingramcontent.com/pod-product-compliance
Ingram Content Group UK Ltd.
Pitfield, Milton Keynes, MK11 3LW, UK
UKHW020101100726
13658UKWH00004B/1911